剩詩鈔

宋熹 剩詩集

陳欽忠 題字

謹以此「遲到四十年」的詩集
獻祭於兩位天上的詩靈座前：
羊令野（一九二三－一九九四）
洛夫（一九二八－二〇一八）

詩說宋熹和宋德喜
——讀宋熹詩集《剩詩毯》代序

林煥彰

宋熹和宋德喜，
都是我老朋友；我知道，
他們都是同一個人，
我知道，他們都比我年輕十來歲
但我還是要說：
我們是老朋友，
也是好朋友！

我們認識得很早，
那時，他們還是大學生
那是很久很久以前，
我已經忘了
是先認識宋熹，還是宋德喜？

現在，我細細想想
也慢慢推敲，
可以肯定的是，我是先認識詩人
宋熹，再認識學者
歷史學家
宋德喜；

認識他們，我一直是
很開心的，因為

他們都很優秀，我沾了光！
在我朋友當中，能成為學者的
實在不多，能成為歷史學家的
其實，只有他一個！
而年輕的詩人
宋熹，他是壓抑了自己
應該成為一位優秀詩人的，
他卻讓給了宋德喜，專心成為
歷史學者；因此所以，
詩人宋熹是有很大委屈，久久
都被學者壓抑著，
讓我這個老朋友，也久久
見不到詩人宋熹，讓我
懷念久久！

現在，我終於又有機會
見到他，讀他的詩
分享他詩人的
獨特才華；
印象中，作為詩人
宋熹，他一直是
很獨特的，有著既現代
又質樸的典雅；
我喜歡他的詩，不只是這本
《剩詩毬》，還有另一本
童詩集，也是我
久久以來
一直在期待的，希望它
早日出版……

（二〇一九年十二月三日／上午六點五分　研究苑）

《剩詩毬》的謎面與謎底

蕭蕭

毬是什麼？

宋熹（宋德喜，一九五四－），歷史學的博士、教授，六十五歲的年紀準備推出他的第一本詩集《剩詩毬》，一定會引起詩壇的好奇與騷動。

這騷動，或許就像他寫給與大年輕同事解昆樺的詩：「誰說詩情畫意／總在年少輕狂時龍吟虎嘯／只在中年心事濃如酒／之際　山洪暴發」（〈詩心〉）。真的，年少不輕狂，不龍吟虎嘯，怎會有中年的感觸、怎會有濃如酒的心事！怎會有蓄積的水量、怎會有暴發如山洪的聲勢！

接讀《剩詩毬》詩稿，我跟大家一樣好奇，毬是什麼？為什麼選「毬」作為詩集的主意象？

原來「毬」就是「球」，古人稱為「鞠丸」，現代人踢足球，古人就稱為「蹴鞠」之戲。踢蹴的就是這種「鞠丸」，這種「毬」。

看看「毬」這個字，左邊是毛，表示「毬」的內部所充實的就是很輕很輕的羽毛，「毬」才可以拍擊、可以拋擲、可以踢蹴，現代人用「氣」代替羽毛來充實，那就更輕更勻了！「毬」的右邊是「求」，「求」有借其音、兼其義的效果，「求」是「裘」的本字，也就是「皮衣」的意思，所以「毬」是以皮為衣，以皮為衣可以富於彈性，這就是「毬」，外披以皮，中實以毛的「毬」。後代習用的「球」字，是一種中空的玉石製品，如「磬」、「磬」，中空是為了可以發聲，本質上不適合踢蹴、拍擊。

後來，「毬」、「球」都用來形容圓形而成團的東西，繡球花、繡毬花，兩者都有人書寫。常人都習用「球」字來做運動器材，宋熹獨選用「毬」字，或許就是喜歡詩和「毬」一樣，可以拋擲，可以拍擊，可以遊戲，可以養生吧！不要像地球、月球、水晶球、鉛球那樣沉、那樣累人。

詩、毬，就這樣結合，成為這本詩集的主意象，輕盈、活潑而美好。

剩詩是什麼？

宋熹鑄造新詞「剩詩」，他的靈感應該是來自於對漢字不甚熟悉的日本人，新世紀以來日本流行男性沙文主義傾向的「剩女」說法，帶著一絲貶意，特指年齡大而未出嫁的女性。其實，「剩女」中肯的說法是「3S女人」：Single、Seventies、Stuck（Stick的被動語態，被卡住了），是指單身、出生於上世紀七〇年代、遲遲未婚或不婚的女性。臺灣不是也有很多這樣的女性，獲得碩博士的高學位，卻錯過了青春；獲得教授、經理的高職位，卻錯過了愛情；擁有年薪百萬以上的高收入，卻錯過了婚姻。高學歷、高職位、高收入的三高女性，擁有高顏值、高氣質、高品質的生活水平，卻荒疏了婚姻，這樣的新女性會被高攀不起的男人戲謔為「剩女」，但在這些男性內心深處，那高攀不起的女性，其實應該是他們想要攀緣的「聖女」、「勝女」。

宋熹為文常常提起大學時期，認識洛夫、羊令野、管管、碧果、羅門、辛鬱、大荒、林煥彰、文曉村的細膩往事，顯露少年的新詩情懷，後來因為休學、服役，轉換為歷史學術研究，荒疏了對新詩的專注關注，再驚覺時已到了中年晚期，頗有「剩女」似的感嘆。好在，近六十歲的二〇一二年一個不眠的夜，家人卻在異地，讓他有了細微的悵觸之感，終而重審詩心，再提詩筆，這中間相隔幾近四十年，近「鄉」情怯，所以，宋熹謙稱自己中年晚期的作品，跟一般人的詩創作初啟在青少時代、持續到中壯年而未懈，有所不同，標舉為「剩詩」，顯示了學者型謙虛、禮讓之風。

若是，宋熹忒謙的「剩詩」，標舉為《剩詩毯》的這部詩集，有沒有可能成為臺灣詩壇的

「聖詩」、「勝詩」？

《剩詩毬》會是什麼？

宋熹在他的〈出版後記〉中揭開「剩詩毬」的命名由來，是因為自己身上的「腎絲球」過濾率（glomerular filtration rate）降低到標準值以下，對於老之將至有所警覺，所以整理舊作、新篇，都為一集，諧其音為《剩詩毬》。這樣的命名，充滿了詩人的機智，顯現了作者自我調侃的功力，吐露了一個學者迎戰人生的樂觀胸懷。

不僅如此，書中還邀請書法家陳欽忠、洛夫、張默，美術家邱晟毅、王光傑，攝影家張豐吉等人，添枝加葉，著彩上色，成就「毬」身的整體美感，讓「剩詩」有了更大的揮灑空間。

輯一〈攀登〉是各期詩作的整合，可以視為四十年來臺灣新詩風潮的縮時攝影（Time-lapse photography），今日我們以正常速度閱讀，卻會感覺四十年歲月就在二十六首詩中快速流逝。作為一位歷史學者，宋熹竟然沒有寫作後標記日期的歷史癖好，純任他的詩作自在呈現，讓讀者純粹是一位讀者，不需要有窺探作者的念頭，不需要重回歷史現場，不需要了解作者的身家背景，詩就是詩，詩人抽身在詩之外，詩是一種客觀的、獨立自足的存在，可以游移在詩史的任一水域中而自如。

就這輯詩作而言，影響宋熹最深的兩位詩人應是羊令野（黃仲琮，一九二三—一九九四）與洛夫（莫洛夫，一九二八—二〇一八），羊令野是古典詩語言的珍惜者，宋熹的作品中頗多這種雅致之興。

「在那窄窄的小草原上／我的馬，乃是極孤單極孤單的／一株枯樹／等待另一次的出發與生長」（〈詩想〉）。

「想像有一種潔淨如禪的花朵／若隱若現　在青峰泥沼之間」（〈攀登〉）。

「我夾雜於眾樹眾石之中／恍如一位誤闖仙界的俗客／唐突而又塵緣未了」（〈山村〉）。

一種浪漫揉合古典的氣息，一種塵緣未了而卻想望仙界雲霧的純淨心思，一種靜觀，不去思考德而德卻未曾失去的宋熹。

其後，從屈原到李賀的五首〈神譜〉，標明是致敬洛夫的唐詩解構體，實則是歷史情懷的徘徊，若即若離的詩的關注，宋熹這一生與文史的綿纏，但他謙虛的說：這是「攀登」，「攀登」的歷程。

你製詩謎，我是詩之迷

《剩詩毬》輯一〈攀登〉，如果是通史性的寫作，由下而上的情的仰望，意的堅持，輯二〈詩謎〉則是列傳體的鑽探，由此至彼的思的蠡測。如果前者是隨興的點的觸發，後者卻是堅定的線的深入探險。我比較相信輯一是文青興奮者的情育留存，輯二是學者沉思的教育省察，兩者同是宋熹式的創作，而非宋德喜的思考。

輯二〈詩謎〉是系列創作，稱之為「漢字詩」，共二十四首，每一首的題目都是單字，詩行則自在發展，內容不外乎世間事的碰撞、思考與心得，中年人所擁具的練達與睿智。這一輯〈詩謎〉的創作，彷彿也在呼應詩集名《剩詩毬》之所以為《剩詩毬》的思辨歷程，那是詩人擇「字」的慎重表現。

早年有新加坡詩人王潤華（一九四一－）以篆字為題，寫作〈象外象〉，引用《韓非子·解老篇》的話：「人稀見生象也，而得死象之骨，按其圖以想其生也，故諸人之所以意想者，皆謂之象也。」單純只從名詞的象形字、指事字等去探尋人間萬象，宋熹則不拘一格，隨事觸引，藉字揮灑。王潤華有中國文學系的文字學背景，宋熹自言是「緣自個人喜好測字（拆字）」，所以，說文新解、漢字成詩，自由多了！王潤華的〈象外象〉處理了「河、武、女、早、暮、東、秋」七字為詩，〈觀望集〉處理了「井、雨、禿、羊、車、人」六首（見王潤華《觀望集》，臺北：國家書店，一九七八，頁三一一二十三。）宋熹《剩詩毬》〈詩謎〉的二十四字則是「卡、北、美、山、金、森、尖、出、走、春、學、愛、憂、翃、俠、飛、囚、默、處、怒、暴、憩、冉、汕」，二人走向不同，擇字無一重複，文與史的工作者思維，新與臺的文化背景，或許有一些值得觀察的小端細倪存在其間。

中小學時，同學喜歡問：「上下一心把住關，猜一個字。」這是「字謎」。因為有「把住關」這樣的說明，我們容易猜出「卡」的謎底。如果進一步更文雅的說法：「上下聯繫盼啟示，猜一個字。」我們可能在「盼啟示」時費了一些心思，難以得解。當然，謎面的文字還可以更講究：「承上啟下緊配合，嚴格把關不放鬆。」這就十分典雅了！還可以賦予「意象」，譬如說「上有影，猜一個字。」如果誤入「上面」有影子的地雷區，那就無法脫身，如果能理解為「上」這個字有影子，腦海裡出現「上字」的倒影會如何呈現，影像一出現，「卜」與「下」（「上」的倒影）一結合，「卡」字也出現了，謎，解開了。但，終究這還是「字謎」，不是詩。

「詩謎」，不該只是這樣。看看宋熹的漢字詩吧！

宋熹的第一個詩謎就是「卡」字。

妳想攀梯而上青天
我要縱身躍下瑤池
可我們是連體嬰
命運的鎖鏈把兩人緊扣相連

雖然陽關道往前直達福地
獨木橋後段別有洞天

今生我們已經如膠似漆糾纏
來世仍要拉著一根紅線
牽手同行

宋熹的「漢字詩」直接把「謎底」設定為「詩題」，其後發展出來的詩行其實是謎面。如果願意先把詩題蓋住，讀完詩篇，又能確定詩題，則詩人與讀者會通成功，寫詩與解詩趨和一致。當然，「漢字詩」是詩，不是謎，既是詩，就會有水流、氣流一樣的情意流盪其中，就會有微電影式的畫面閃爍其中，就會有靈光一閃的哲思騰飛其中，這就是宋熹特殊設計的「漢字詩」。以〈卡〉詩為例，第一節的畫面是妳要上青天，我卻想縱身瑤池，意向相反的兩個人卻被命運的鎖鏈緊扣相連，連體嬰似的不可切割。第二節說的是，陽關道直達福地，獨木橋別有洞天，——這時還要「妳走妳的陽關道，我過我的獨木橋」？第三節則是妳我今生如膠似漆，來世是否要拉著一根紅線牽手同行？不同的情意轉折，卻有著相同的指向。讀這輯詩，文字成為導覽圖，要看讀者有沒有這種識圖的本能或本領。其實也可以重享謎樣的《剩詩毬》集名，我們破謎團而出時的那種喜悅！而且，這樣的「漢字詩」一共有二十四首，我們或許因此而成為「詩謎」之迷。

宋熹自言，當初寫作漢字詩謎，「緣自個人喜好測字（拆字）」，測字最主要的手法與目的，就是將字拆合，重新思考新的可能，甚至於憑以判定物之吉凶、事之成敗。如「卡」字所屬的部首為「卜」，則「卡」字可以析為「上卜」或「卜下」，也可以析為「上、下」，還可以加筆為「汴」、減筆為「卞」。吉凶論定時，如字謎「上下一心把住關，猜一個字」的謎面，可以換成「上下一心」、「上下串通」、「上下合一」、「上下難分」、「上下對峙」、「上下對望」等謎面，吉凶就有了不同。又如部首的「卜」字，測字者可以解為「金枝玉葉」的富貴相（卜字中間那一豎，是「金」字的枝幹，卜字右邊那一點，是「玉」字的葉子），也可以說是「上下無依」，吉凶走向，完全相反。這對於詩作創作者而言，岔分出許多想像空間。以〈卡〉

詩來看，宋熹的三節作品，各有屬性，首節身相依、心相離，是苦；次節，陽關道與獨木橋，平分秋色；第三節身心相合，且又加上時間的追求，祈求時間延續，來世再續。不是一卡、再卡、三卡的單一走向，宋詩，因而有了曲折、波瀾、含蓄中連連的驚喜。

《剩詩毬》真正的謎底在哪裡？

從一開始，宋熹就製了許多詩謎，等待我們去索解。讀詩的快樂，其實等同於解謎的冒險，闖關式的喜悅。毬來了，他的勝詩不該是我們的剩詩吧！

蕭蕭完稿於二〇一九年聖誕夜

詩的毬果

蘇紹連

1

在松柏黑森林中，常見毬果墜落，這不是枯萎，而是已經成熟，以一個美麗之姿從高高的枝椏間落到土地上。松柏是長青樹，毬果為其生殖器官。

宋熹是歷史學博士，年輕時寫詩、參與詩社，卻因轉入學術研究而中斷了，但過四十年後退休之前才重拾詩筆，出版詩集，書名為《剩詩毬》。「毬」在古代是一種遊戲用的圓球，內有填充物，另外意思是泛指一般的圓形物體，然而宋熹並不取這種意思解釋書名，而是用「腎絲球」三字的諧音，化為「剩詩毬」，為何要這樣呢？原來是他做健康檢查時發現身體出現了紅燈，腎絲球過濾率降低，心有警覺，對身體已至老化的感觸良深，所以用「剩詩毬」當作詩集書名是適時的隱喻，也正符合他在詩集後記中所說的「臨老慰藉寂寥的紀念」。

不過，我願把《剩詩毬》書名解為：人生若剩下詩，這些詩會像松柏長青樹的毬果，產生花粉，結成種子，藉風播植。

2

從宋熹詩作的語言及題材分析，可以感受其創作的源流或特色較具傳統性，但有時又不見得如此。一般深受中國傳統文史薰陶的詩人，其語言的煉鋼煉鐵常會以古典詞語來鍛造，而生活在現代的詩人宋熹，則偶爾巧妙加入現代語詞，其造成的詩語言，像在炙熱紅燙的鋼鐵上錘擊出火花，頗為耀眼醒目，例如這些詩句：

「您那擱置在家的妻寫伊媚兒催您來著」

「蒼蒼白髮三千／不也閃爍著詩的發光二極體」

「魚尾皺紋兩條／總能擠壓出詩的萃取結晶鹽」

「開口閉口洋腔滑調理論數據／辯證學位帽是就業圓周率」

「伊媚兒」、「發光二極體」、「萃取結晶鹽」、「數據」、「就業圓周率」這種語詞是當今用語，用在現代詩裡，和傳統語言混搭併貼，既具現代感又能產生新意象，算是大膽突破了傳統性語言。詩的語言如何使用，如何讓其具有詩質，是詩人終日的錘鍊和追求，而選擇語言的表現方式則是詩人偏愛及習慣，於此，宋熹的詩作語言表現方式是既傳統又現代。

3

宋熹的「詩謎」系列計有二十四首，成為一輯，幾乎占去詩集一半，足見宋熹對此系列投注不少心力。二十四首均以單字為詩題，在讀過詩作後，才知詩題是「謎底」，詩作內文是「謎面」，亦即你要先讀詩作，才去推衍謎底，而謎底即為詩題一字。

我認為宋熹有意以一字為題，來發展漢字在形音義三方面的詩意，這就很有意思，可以像拆字一樣，分解字的結構，或像測字一樣，編織字外之意，或像諧音替換原字，給出新意，最終是發展成一首充滿聯想及歧義的「字謎詩」。

詩壇曾有過也是以一字為題的詩集，被稱作「字典詩」，字典的意思主要是解釋字的意義和用法，這和「字謎詩」有區隔，謎者，是由朦朧模糊，經猜測、想像、思考等等方式，找出線索，最後揭開謎底，以達到恍然大悟的詩意喜悅，這正是宋熹創作「詩謎」系列迷人的地方。

4

宋熹詩作特色，除了有新詩百年初始至今傳續文學傳統的抒情之美外，還有以詩意呈現的畫境之美，頗具「畫面感」；其詩作畫面少有現代城市的高樓建築景物，而呈現鄉林田野自然景象居多，加以文史為畫面背景，這似乎暗示了宋熹思維中有古代文人歸隱山野的傾向。

這本詩集裡，最讓我覺得驚艷的詩有〈詩想〉、〈浮生遊記〉、〈攀登〉、〈詠蟬〉、〈小草〉、〈致阿富汗〉、〈懶人日記〉、〈春〉、〈愛〉、〈翅〉、〈愁〉……等多首，其中〈詩想〉寫人生孤獨之路，一個人騎著病馬前行，不懼天冷路窄，仍有信心期待有人並行，再次出發，詩中對於馬的描寫，如「我的病色的馬，猶被秋風飼養得／瘦瘦的」和「我的馬，乃是極孤單極孤獨的／一株枯樹」有極深刻的意象。〈浮生遊記〉不僅有敘事詩的架構企圖，塑造人物和鋪設情節，阿福和小欣兩個人名似乎在詩中有前後互動，傳遞了兩者之間的情意，相當耐人尋味；此外，讀〈浮生遊記〉猶如在欣賞一幅山水畫，以詩中人物阿福的視角移動，從天空中的飛鷹、山上的雲煙、半山腰的草坪、山腳下的田埂，由山往下，並以動態的「稍一翻身」、「再翻身」依序把風景畫面，層次分明，讓人遍覽無遺。〈攀登〉一詩寫的是人生至一個高境界的抉擇，以羽化之喻寫攀登高山，隱喻人生既至羽化階段，能夠諦聽到「瀑布的精神講話」了，那就抉擇「迎向山神」，不必再為如何「拾階而下的瑣事」煩心。〈詠蟬〉一詩，喻人的堅持與逃避，堅持的是「你就是你最初的自己／最清最白的鑑照／且何妨於被旁人誤認小丑般／一朵黑臉的雲！」（這四行寫得太好了，尤其是把蟬喻為「一朵黑臉的雲！」），逃避的是「你學習扮做隱士／開始遁入冬眠」。〈小草〉一詩，讓我發現宋熹的詩作也有很口語、很童趣的表現，擬人化就生動地把一株小草寫活了，短短十三行的詩中「有事沒事」「那一邊那一邊去」「……也好／……也好／……也好」「有事無空有空無聊」「好想好想」「動也不動」這些重複的字和詞，添加了詩的語言節奏感，是巧妙的語言運用。〈屈原死亡筆記〉這詩中，有讓讀者進入思考的亮點，有給讀者停駐在某些詩句上進行探問的詞語，例如我會問：為何詩句寫「右邊的眼淚」，而不是左邊？為何詩句寫「您用左手拒絕」，而不是右手？為何詩句寫「您還是跟船尾站在水」，而不是船頭？這些引發的問題，必然是在一個詩意邏輯的架構上，有一個合理的答案。〈致阿富汗〉在意象的處理可比洛夫，例如「昨夜您的名字和夢中的殘荷／同科」、「一師坦克就是一群貪吃的牛羊」，佳句連連。

宋熹《剩詩毯》這本詩集，每一首均值得細細品嚐，詩作畫面感呈現的特色，並非是濃烈而層層疊疊的油彩，而是淡淡渲染、薄紗覆面似的水彩畫，這種感覺是由詩語言的舒坦造成，不過度緊縮而陷入濃濁的晦澀，也不過度直白稀釋詩言而乏味，他能做到這樣，和他推崇洛夫的作品有關，相信他從洛夫作品汲取不少訣竅，多首仿洛夫的唐詩解構應是向洛夫的致敬。

5

二〇一九年當今詩壇有多位年紀六十多甚或接近七十歲的詩人，都是在即將從職位退休前才開始寫現代詩，或是曾中斷數十年後到老年才又重拾詩筆，竟而技驚詩壇，不斷囊括各項詩創作競賽大獎，例如王羅蜜多、曾元耀、靈歌等詩人，超越許多中壯輩以降的詩人，可見能不能寫詩不在於是年紀大小，寫得好不好也不在於年紀老或少。詩人宋熹雖未引起詩壇矚目，但在友輩之間卻都知曉他是一位親近詩熱愛詩的學者，更是一位優秀詩人。

宋熹詩集目前只出《剩詩毬》一冊，產量確實太少，但遙想詩人瘂弦當年的詩集，不也一冊《深淵》而已，就一直深受重視到現在。一本詩集就受詩壇重視，應該是作品詩質濃厚、特色突出、表現獨特，這情況除了瘂弦外，似乎很難找到第二位詩人能僅以一本詩集享譽詩壇。

但願宋熹這本詩集也能受到詩壇重視，並祝福他的詩像松柏的毬果，能繼續繁殖無數無數的新作品。

剩詩・餘韻・無窮
——序宋熹《剩詩毯》

解昆樺
國立中興大學中文系副教授、《臺灣詩學學刊》主編

宋德喜教授為我師執輩學者，在國立中興大學歷史系貢獻心力，學術專業乃在大唐歷史。但我與宋德喜教授結緣，卻是在於詩。

那時我方在興大任教一、二年，對於興大整個環境仍不熟悉。夏季一日，宋德喜教授來訪身為晚輩的我的研究室，我深知宋德喜教授在歷史研究上的成果，便順道向之請教我的學術專書《臺灣現代詩典律與知識地層的推移：以創世紀、笠詩社為觀察核心》中的難題。因為以典律為概念探究臺灣現代詩史，我以《創世紀》、《笠》兩個臺灣出刊悠久綿密的代表性詩刊之發展與彼此競爭，由此體現臺灣現代詩史之美學典律之趨變。

然而深入詩刊詩社之史料，盤點詩人之資料便成為了重要的工作。這其中也衍生了難題，主

要乃是因為一九五〇—一九八〇年代對現代文學史料之整理還沒有積極的意識，許多詩人也以筆名進行文學場域活動。所以儘管兩詩社大部分詩人的資料，包括本名、學經歷、出入社團時間、出版詩作／集的紀錄我都已收集完畢，但也有一些詩人的背景資料付之闕如，只能以「略」字暫代，遂成一現代詩史的迷霧。

那日，我特別從我的書櫃抽出《臺灣現代詩典律與知識地層的推移》，向宋德喜教授就教如何從歷史學研究方法作突破、克服。我指著書上創世紀部分的「宋熹」，沒想到老師居然回答，這個人就是我。

佛家有「唯識」之學，概言世上萬法萬物皆為心識所變現，是言「決無離心之境，定有內識之心」。那日，早成迷團的「宋熹」，突然就在我研究室出現，對我的現代詩史研究可謂戲劇化的一刻。在我心識中，宋德喜教授也成為了詩人。

詩人是宋德喜教授遙遠的年少時光，但在此指名中，詩人穿過了時間，而可以在這當下。宋德喜教授與我因詩結緣，他也開始整理舊作，續寫新詩，如今而成《剩詩毬》，既成自我之中的另一詩的主體，又何嘗不為自己勞頓之身體自況？

我讀其詩，多有中國古典抒情意味，是為學院派詩人典雅風格之發展。然而詩人自言「剩詩」，我卻以為剩，乃為餘。詩人謙稱集中為其詩之寡剩，我極哀其詩主體似無可再有，遂總私以詩之有餘韻。蓋詩之文字有盡，然而詩之餘韻可以無窮，餘韻裊裊，曠人之心境。

事實上，讀《剩詩毯》詩作多有跨媒體之詩畫、詩歌互文，如此左右逢源，宋熹之詩豈止剩餘，當能自在縱橫。想來這自在縱橫之氣，又何嘗不是專研唐史的宋德喜教授，所知那浪漫奔放的盛唐氣象，以及才華洋溢的唐詩風華。撰筆自此，相望詩人續寫來日之詩。是以序。

序於興大中興湖畔

目次

詩說宋熹和宋德喜——讀宋熹詩集《剩詩毬》代序／林煥彰 005
《剩詩毬》的謎面與謎底／蕭蕭 009
詩的毬果／蘇紹連 019
剩詩・餘韻・無窮——序宋熹《剩詩毬》／解昆樺 025

輯一 攀登 033

詩想 034
浮生遊記 036
水月 041
攀登 043
歸期 045
楊柳行 046
詠蟬 048
鄉村一角 050
晨歌 051
生長 052
小草 054
初航 055

屈原死亡筆記 056
李白詩酒吟 058
王維陽關三疊 060
杜甫劫後餘生錄 062
李賀點鬼簿 064
致阿富汗 066
懶人日記 068
山村 069
不眠的夜 071
詩心 072
歸航 074
尋根 075
夜鷺的獨白 078
木棉花VS.白頭翁的啟示 079

輯二 詩謎 081

卡 082
北 083
美 084
山 085
金 087
森 089
尖 090
出 091
走 092
春 093
學 095
愛 097
憂 099
翅 100
俠 101

飛 103
囚 105
默 107
墨 109
愁 110
暴 111
憇（憩）112
冉 114
汕 116

輯三　圖文詩 119

附錄一：飛越中興湖畔的剩詩毯／林秀蓉 136
附錄二：揮手自來去——聞宋熹教授榮退賦詩賀／林茵 139
附錄三：宋熹詩人榮退致詞／林淑貞 141
後記一：「晚來」天欲雪　能飲一盃無／宋熹 144
後記二：從洛夫追憶一段詩的盛唐歲月／宋熹 148

輯一

攀登

詩想

——夜讀美國田園詩人佛洛斯特〈雪夜林畔駐馬〉有感

一個人騎馬。
落單，在路上
阡陌空白的
路上，不如倆人並轡而行

這裡此刻，正撒落著滿天雪花
一地的冷意
我的倦色將將夜積多少
（但我不敢停下來觀賞風景……）

且看一看
我的病色的馬，猶被秋風飼養得
瘦瘦的

在那窄窄的小草原上
我的馬，乃是極孤單極孤單的
一株枯樹
等待另一次的出發與生長

浮生遊記
——淡水聖本篤修道院所見

序曰

此番係為燕語鶯聲而來
阿福，這是軟綿綿的天氣
就在鐵道口的柵欄內
隱約，你可曾傾耳聽見
遠遠的風景線向這端
苦苦叫回春色的聲音

一

老鷹低飛掠過的天空
是一幅寫實風景畫
黃昏後
那枚蘋果臉的月亮將會在此

站一個晚上的崗
山這頭再過去不遠
一隻青鳥氣急敗壞的
追逐一隻瘦紙鷂
而紙鷂那廝卻反過來抓她
一起徘徊而又隱沒……

山上雲煙漸厚了
隨隨便便掩蓋著日午的高山流水
那紙鷂底下是教堂前的空地
你瞧呀，一絲細線牽著伊睡美人小欣
一縷縷故夢想必裸裎在她無憂的心底

二

昨夜墮入一個桃花源裡的大寐
醒來　依稀有風月的迴響
轉眼已無桃花人面

今晨
獨個兒沿溪而行
心想此行是一路秋雨秋風的來
轉念畫冊中的金碧山水
咫尺不遠吧
可不就座落在小欣秋水凝情的
眼眸中

三

半山腰的草坪最是鬆軟
阿福直呼呼地橫臥其上
他剛打山仔頂攀登回來

梢一翻身
這下方是極低的梯田
矮矮的草屋八九間
一群稻穗悠悠閒閒地生活著

再翻身
眼睫半啟接納兩道陽光
阿福突的瞥見山腳下
一小隊白鷺鷥們倦遊東來

金雞般，全都獨立在田埂間
享受日光浴
（惺忪之際，頓覺
每一隻白鷺鷥都酷似自己）

野鳥吵鬧著要吃午餐
停駐　而又飄忽不定
卻總脫不出竹林陣的範圍……

水月

水中有蓮
水上也有清風明月
您不是蓮，您是明月
只是不對落花不流淚
因蓮在水中衰老

也知道您愛在河上對水散心
一回身，已幻化為水仙洛神
讓星子大大小小掛滿
在您百花圓裙的四周發光
而我伸手可觸及
那最接近中央的一顆

您看對岸一隻小鳥飛來枝頭上
在水月的倒影裡投石問路

製造一種漣漪，一種
千年潮汐

攀登

——二月十二日
借周夢蝶先輩及棕色果
同趨小山夜遊

攀登一山的寂寞
請讓我先把自己羽化成
一隻白鷺鷥

想像有一潔淨如禪的花朵
若隱若現　在青峯泥沼之間
則我應該昂首拍翅上飛
抑或是垂直撲下紅塵……

這時便有兩隻下凡的蝴蝶
一大一小　圍繞在我左右
餵我以松針的補品
訓練我的耳朵逐一收聽
瀑布的精神講話

再不必回首腳下
湧動的人煙了吧
既已步步高升，迎向山神
我早懶於拾階而下的瑣事

歸期

——君問歸期未有期

驟雨初歇
而您的絨布鞋猶自沾滿去夏院裡的紅泥
影子在寒梅的影子下有點潮濕
伐木者的吹笛聲上山又下山去了

去歲農忙時候，知不知道
您那擱置在家的妻寫伊媚兒催您來著
您呢？逛完了那年最後一條花街
身子便癲痢狗般猶醉倒在春閨夢裡了

十二月的陽光沿著牽牛花爬下，懶懶的
您那異鄉的影子怕是永遠也晒不乾的

楊柳行

遠看，山水
蔦蘿嘿然睡在那裡
近看，山水
竹竿嘩然站在這裡

隔岸描摹以彩筆
一朵花之貌
所謂楊柳
並非不是一首長詩

倘十二月的谷風沿著雪線吹奏
一管迎新的蘆笛　　喚我
詩的水禽　穿越柳條池塘　　喚我
詩的麻雀　飛入

相思的相思林梢
喚我

絕句一樣
鐘聲叮噹不止，自河彼端
這是山坳向陽風的吹向
啄木鳥敲春的聲音

詠蟬

五更既至
隱者，你的激越哭聲
就已尋訪不到知音了

所謂夏樹是你夢的花園
俯仰，自 成 天 地
青青枝頭上
人們何由總習慣於聽聞
母親急促織布的聲音

不想招來虎頭蜂
也無意於引誘彩蝶
卻徒惹小小小小彈弓
暗地無聲的狙擊，以致殞滅
你就是你最初的自己

最清最白的鑑照
且何妨於被旁人誤認小丑般
一朵黑臉的雲！

然則，只為的那一句秋聲啊
你就氣得甩掉一層皮大衣
竟不忍見首陽山草枯葉落
於是，你學習扮做隱士
開始遁入冬眠

附記：凌晨讀駱賓王〈在獄詠蟬〉及李商隱〈蟬〉後有感。

鄉村一角

一條臭水牛怎麼老是徘徊於
荒郊林徑
自陰溝洗完澡以後

一隻烏秋不管三七廿一的
飛來牛背上
嘎嘎叫支牧歌

那水牛踱著方步遠走
烏秋顫巍巍的

躍起
半晌不見了牛角
草地上，只剩兩隻土狗無精打采地
趴著

晨歌

而釀造旋律，婉轉的風笑得很小聲
便轉向南了

輕拍著窗上流曳的霧
旋律的金色輪花，嫣然
翔舞著……

一朵耐不住荒等的
春天在小窗外，雲在雲外
擺動了招呼的琉璃手
靜靜的雲們綿羊般，在青青
草坪一樣的天空裡
散步，而雨就遊牧了雲
而雲，就釀造著雨

生長

不安的錯誤的腳印必定荒涼
它們來自斷層的風景末梢

一株株蹣跚而走的拾夢草們
踐踏在冷色的田梯上抬起張望的眼
渴盼八方的風景上昇

啊，黃昏初上了
一群追踪落日的倦鳥
猶在天空盤旋，吐心血一樣地
一層古銅色的光，煙似的浮昇了
於是，那朵懶散的太陽啊，便被風

趕至漠漠的旱田，趕至
春谷外的枯井邊，灌溉花草

給焦渴的風看，而一畦苦情的太陽花
就此迎接夕陽的擁抱
收割那層金色

我的種子們
嚮往著一些些綠色，以及收穫的昇華
一如日出

小草

有事沒事小草就好想一下子攀過
花園水泥牆的那一邊那一邊去

尋花也好
問柳也好
即就是偷窺一丁點月亮的雀斑也好
只要有事無空有空無聊的時候
小草就好想好想
蹬蹬小腳
擺擺細手
打打呵欠伸伸懶腰向土地公說一聲
「再見！」然後便動也不動地
死噙著夜來露珠兒的眼淚
悠悠睡去

初航

——揭來綠島所見

一出瘦瘦小小的這漁港
船，開始在零散的浪花間開路
夾帶鹹味的口哨此刻沿著
年輕水手的厚嘴唇
再順著右船舷方向一直吹唱下去
一支綠色的民謠曲調自吉他
悠悠響起
鄉音附和著馬達附和著
海鳥猖獗的拍翅
一路爭吵下去，日頭偏西
有海豚孤單的出現

屈原死亡筆記
——神譜之①
仿洛夫唐詩解構體

展在頭上的詩人家譜
哦，智慧的血系需要延續
——鄭愁予〈山居的日子〉

從雲夢大澤正正經經走出的
一排瘦腳印

髣髴就是
您酒後遺留在楊柳渡口
詩集內發光的那兩行詩句

猶記免戰牌高掛自家山頭
翌日，敵我雙方開始和談
哎，您這患自殺症的白頭書生
還在尋我尖毛筆準備圈點什麼
商大夫的黍離詩，「眉批

合當早日完工的，怕只怕——
這該死的惱人天氣。」說著

說著，強迫拉出乾淨手背
擦拭右邊眼淚，「汗和淚難不成
是同一源頭流的……」月光
四射，星子正好可以望到
船家小姐遞過來一條輕羅手帕
您用左手拒絕

「這年頭手帕面對汗腺
怕也無用武餘地，謝啦——」
聽罷隔岸茶樓傳來三兩句流行音樂
您還是堅持跟船尾站在水上
思量落水的某種跳法

李白詩酒吟

——神譜之②

仿洛夫唐詩解構體

鬱金香全身結滿
大粒小粒的鄉愁
整夜掛著病號，在窗口
月光老愛攀牆而入
臥倒床上，洶湧得
更像一條沒有出海口的河水

誰在水底掛上了圓鏡子
坐在月光河上，想家
誰又是撈水月失足的仙人
八成是酒客投錯了旅店
驚動一家族的水禽，從
蘆花叢裡奪門而出

誰教酒壺是不設防的樂園
新詩在美酒的頭上日夜紮營
酒酣耳熱，有蒼松楊柳
隨風開始奏樂

酒後背手參觀瀑布最好
那名佩劍吟詩的白衣人已擺出
天下第一的起手式
還是一招將進酒

「天明時我將登船，隨猿聲走入
萬重大山……」

王維陽關三疊

——神譜之③仿洛夫唐詩解構體

誦詩三百
也抵不過大杯的葡萄美酒
從這邊隘口
到關外那頭不知名的棧道

揮手西出陽關
從此故人只合在夢中夜光杯的
酒令裡，對飲三巡
大口喝下
落葉變做永不回頭的灰燼

您有走不完的陽關道
而我回家還要打掃髒院子
在竹林，作畫彈琴長嘯
即便寺廟關門大吉

總該折枝楊柳
尋找一粒空山的松子

杜甫劫後餘生錄

——神譜之④

仿洛夫唐詩解構體

戰後，蝴蝶全換了顏色
長安城坊裡牡丹花想必在颶風中
全部跌倒，形成低等植物
戰士，想出來沒
您胸口的箭傷可比草木還深

計算著無定河邊的白骷髏
汪洋一片，您無心抽樣訪問……

遙想戰時
您親眼看見親耳聽見
馬蹄踏爛了所有地方的春泥
政府兵車倒掛著破幡旗，一輛
緊接一輛地逃命
而您呀已老得提不動紅纓槍

罷了，兵荒馬亂
再見吧，長安城牆上宮燈
又一盞一盞點亮了
您即將搭舟歸鄉

可憐您只能隨身攜帶
一頭白髮，一籃子
回憶錄，無顏面對黃臉的
妻子，菜色的兒女

李賀點鬼簿

——神譜之⑤
仿洛夫唐詩解構體

幾番大雪騷擾路過的
湖面。寒梅惺忪得
有些睏了
整夜，桂花稀疏的落在
下第書生歪戴的帽子上

歸鄉——面有難色
想是生怕看到青紗帳中的女鬼
剔著可憐的燈花

掩面算啦，回家揹上
錦囊，獨上酒樓尋花更好
讓霧中女子在他心頭上演一場
火山爆發

趕明兒早您看到青衫白面的
書呆子，那書呆子咧
或恐是他倒騎一匹笨驢兒
出城
找詩

致阿富汗

阿富汗・阿富汗
昨夜您的名字和夢中的殘荷
同科，從今改名叫滄桑花罷
（不不，阿富汗兄弟……）
自從俄國大兵在山區製造一場人工地震
之後，您那青青的遊牧場
已被砲管掀開
成為炸彈坑——方圓數百里
而深度深得教每個阿富汗人都心痛
（那位俄國司令官常愛在這裡放牧
一師坦克就是一群貪吃的牛羊……）

阿富汗・阿富汗
烈士們的臉快將被細菌
侵蝕殆盡，可憐到處是行刑靶場

這一頁青史難道眼睜睜讓

莫斯科流氓的汁臭沾濕？

（翻過去下一頁，內容——

只有親愛的阿富汗知道。）

阿富汗‧阿富汗

長槍騎士風采銷聲匿跡了嗎

衝鋒衝鋒——向斯拉夫

阿富汗‧山神的孩子

請把紅鬃馬當驅逐艦……

懶人日記

七點三刻
不晴不雨。昨夜失眠。
而今早被一樹蟬聲免費喊醒
窗前風鈴都吵鬧老半天了

想到昨天是股票跌停板忌日
市場的豬肉舖都愛在
白刀子進紅刀子出之間
幾何級數的
提高票價，蔬果也是

下床的我
穿上拖鞋只好倒提空籃子
斜躺在公園陽光草地上
蒙頭大睡

山村

煙霧籠罩這小村
山谷的梧桐子該又落了滿地
不遠處，我看到一位村姑
正在楊柳溪畔擣衣

鹿苑花圃茶園
一路兩旁並排躺著
還有城市人好喜歡的草菇場
山神定定地坐鎮半山腰
俯視全村的男女老少
年年日日就是這副忙碌樣子

空氣中散佈一種芬芳
冰涼卻又暖人心頭的紅檜香味
遊客似乎比往年有多無減

而眾山罩一層掀也掀不開的
白面紗——神秘依舊

附近一座八角亭以千臂招我
有一條小徑直通往瀑布那頭
左邊山坡是一片針葉林
右邊是葉子凋些的樹木
而我夾雜於眾樹眾石之中
恍如一位誤闖仙界的俗客
唐突而又塵緣未了

不眠的夜

昨夜秋風吹起秋雨
孤獨的影子踉蹌欲跌
心中的曠野
無端被庭院的垂柳攪亂得
拖泥帶水
懸念的旅人還在遠方未歸

詩心

——致渡也・解昆樺

誰說詩情畫意
總在年少輕狂時龍吟虎嘯
只在中年心事濃如酒
之際　山洪暴發

蒼蒼白髮三千
不也閃爍著詩的發光二極體
魚尾皺紋兩條
總能擠壓出詩的萃取結晶鹽

所以詩心者也
就是詩人無時不刻詩興大發
老少咸宜日夜不拘無誠勿試
喜怒哀樂有之悲歡離合有之

傾吐狂洩
可歌也可泣

歸航

——近鄉情怯

上呈洛夫、張默兩前輩

港灣的鹹濕巷弄
飄散出母親咖啡的味道
動力起重機的臂膀
慇懃吊起
歸鄉浪子的串串鄉愁
少小離家的寶劍
怕是再出鞘已黯然失色

故居近在咫尺歡呼
喚醒放逐曠野的童心
五陵年少夢與詩的種籽
仍想撒落滿地

等待春雷

尋根
——花東訪古

列祖列宗們
身影曾經追逐了一整個世紀
古道上的烈日
徘徊於中央山脈與海岸山脈
峰巒疊起之間
天光雲影滲透著血管汗腺
度日如年

夸父翻山越嶺逐夢
心跳聲和腳步聲沉甸甸
一肩擔盡原鄉的記憶體
都全數打包包裝在神主牌裡
就等汗血風乾後典藏

背後是離鄉背井的挑夫縱隊
前方滿佈布農出草的箭簇刀劍
伺機而動的部落影子幢幢

卑南黥面在右
阿美紋身在左
箭如雨下　遙想
從苗栗山區出走那日
雨下也如箭

我的列祖列宗們
堅持硬頸挺身前進
跨越山脈羈旅玉里花東縱谷平原
穿梭安通越嶺古道再下東臺漥地
百年傳說山腳下流淌著牛奶與蜜

夸父眼似鷹隼
海岸線已歷歷入目
沃土近在眼前
只等待突圍下山
預約來年辦一場壯烈的豐年祭

附記：一〇二年　月十九－二十三日與興大歷史系師生一行四十餘人花東史蹟踏查，並順道探訪臺東成廣澳（成功）祖居與花蓮璞石閣（玉里）先人遷徙足跡。特此感謝地方文史工作者趙川明老師的解惑。

夜鷺的獨白

水花拍擊頑石
掌聲喧嘩
我掉頭叼起了枯樹枝
咀嚼黃昏
向青天尋找隱居的航路

木棉花VS.白頭翁的啟示

面對四面埋伏
大紅袍的誘惑
我早已少年白頭
如今只能偷閒打個盹
沉思我的殘夢和餘生

輯二

詩謎

卡

——漢字詩①

妳想攀梯而上青天
我要縱身躍下瑤池
可我們是連體嬰
命運的鎖鏈把兩人緊扣相連

雖然陽關道往前直達福地
獨木橋後段別有洞天

今生我們已經如膠似漆糾纏
來世仍要拉著一根紅線
牽手同行

北

——漢字詩②

誰說
北極星是君臨天下的方位
於是我們分持匕首
背對背對決
火拚個你死我活
難道死亡遊戲就註定了
我們兩敗俱傷的宿命

或許
你我願不願意用屠刀
刮掉彼此臂上傷疤的魔咒
讓鴻門宴上叱咤的刀光
劍影煙消雲散吧
化為冰釋的一盅茶
　杯接一杯啜飲的
清心養肝茶

美

——漢字詩③

大自然的
伸展臺並不紙醉金迷
妳為什麼老愛戴著面罩
袒胸露乳示人
拍賣身體的靈魂

配掛著羊頭
下半身賣狗肉
狗肉卻少了那麼一點

一點兒養眼
不見得能採陰補陽
肉食者鄙
因為老饕總是拒絕養生

山

——漢字詩④

渾然天成的石頭城
總是以哲學家的冷高度
回應征服者的熱情無情
乃至忘情

有人跨上您背脊躍馬長城
腳踩天下的繁華世界
有人踏查您額頭尋幽攬勝
胸懷東籬的一縷輕煙
還有人霸佔您的肚臍採礦挖井
挖穿千瘡百孔
非盜璞奪璧即是
伐木丁丁

自從那年伯夷叔齊相繼失蹤
隱士和仁者據說就已成為另類
瀕臨絕種動物

金

——漢字詩⑤

憑什麼頭戴巫師尖帽
就自封人間之王
你也不過是滿臉橫肉
倒長了兩撇的鬍鬚

你說員外多的是鮪魚肚
老董肚大能容天地萬物
名牌車大別墅都妻妾成群
還說二道四窮得只剩下錢

你該知道錢來伸手念做拴
飯來張口寫成舍
其實酒肉拴不住風火雷電
有捨有得恐非歪理
富貴也好浮雲也罷

錢之為物

的的確確買不到天地萬物

附記：一〇二年三月二四日夜讀邁可・桑德爾《錢買不到的東西》有感。古字「舍」通今日之「捨」。

森

——漢字詩⑥

婦唱夫隨遊山玩水
到此一遊摟肩拍拍照留念
夫妻臉本就是同命鴛鴦
怎麼看兩人都是天生一對

兩人世界太窄了　窄得
容不下貪婪偷腥的第三者
不過爸爸媽媽頭上頂個小不點
全家福不就到了林家花園

尖

——漢字詩⑦

你總是以小搏大演出
這不是奪命摔角擂臺
而是勞軍表演的疊羅漢

如果那麼喜歡小題大作
小人物狂想曲的影像重播
怎會是格列佛大人國歷險

人生如戲如詩也如夢
何必迷信骰子大數還是小數
唯有裝傻的杜康可以解憂

出

——漢字詩⑧

山外有山
這是崇山峻嶺的蠻荒
還是峰巒疊起的秘境
其實終老坐南朝北的風水
才是印第安那瓊斯探險的誤區

就不必再書空咄咄了吧
大巧若拙正是一種曚曨美
反正下一場暴風雪之後
迷宮的缺口仍然在前端北方

眼下只需順著指南針方向
天光雲影倒退著走
就此揮別誤闖叢林的迷霧

走

——漢字詩⑨

來者究竟是敵是友
友誼商店的損益平衡
是後現代大勢所趨

你我在青天白日下把酒言歡
見證人情債契約書的真或假
你說只有天知地知你知我知
就不必文皺皺趨前挖心掏肺

青天在上白日在下
總有一天你會知道
我不是蘭陵笑笑生的翻版
我乃常山趙子龍嫡傳

附記：一〇二年三月七日晨寫。蘭陵笑笑生舊題為《金瓶梅》作者，真名實姓歷來為小說史學術公案，該書號稱為酒色財氣等四貪的總匯。

春

——漢字詩⑩

100 000個春天以來
傳說每個月3個8日
婦女們終於可以在良辰美景春吶
同船渡共枕眠的誓約
也可以無限量竊竊私語自由女神
萬歲萬歲萬萬歲口號
在青青河畔的親子公園野餐
記得柴米油鹽醬醋茶隨身攜帶

情人道愛花惜花護花
好1句男性主義花邊新聞廣告
酒廊內狀元紅女兒紅
配2粒鳥頭牌威而剛洞房花燭
選美比賽3圍嚴選有容奶大波霸
內衣香水1輩子盯上黛安芬香奈兒

瑜珈韻律保證可以瘦身也可以增胖
比基尼愈現代主義愈短
整型迷死韓流教派信徒
跳肚皮舞最終跳出了7情6慾

百貨公司為紀念女兒國婦女劫打折
女性新貴大血拼訂購愛情套餐
不過只限枕邊狼人尊榮獨享

附記：一〇二年三月八日大清早慶祝婦女節而作。九世紀末唐代《北里志》記載藝妓每逢春季每月三八日（八、十八、二十八），繳納保證金後相約出遊親水踏青賞春。一說「春」字即由三八日組合構成，本首詩意在反諷，漢字詩的「漢」，如不幸被誤認有大男人主義傾向，請一笑置之。

學

——漢字詩⑪

博學鴻儒手持
說文解字講學論道
黌宮聖域主授頂天立地原理
諸子百家循序登堂
四書五經魚貫入室
整裝後化身為臥龍或為醒獅
仜君精挑細選

凡夫俗子用尺
丈量頭上頂戴高低
開口閉冂洋腔滑調理論數據
辯證學位帽是就業圓周率
糧倉只管儲藏數量和容量
人力銀行保證線上一貫作業
製造驗收標價包裝封箱裝櫃

上市或者退貨
歉難售後服務

附記：一〇二年三月十日大清早，憶昔業師高明士教授探討東亞古代教育，揭示廟學制的神聖本質以及學校古寫為「學」字的上半部，意味學校之黌宮聖域為栽培學子成聖成賢的養成之所，有校、庠、序等稱呼，「學」的文字象形既指校舍空間，又類似古代官帽和今日學位帽。

愛
——漢字詩⑫

十絲萬縷的心電圖
你來我往的交織著
愛恨情仇的心結
憂怨糾纏不清的光譜也
如鬼魅穿梭其間
誘惑一批心律不整的男女
挑逗上門報到

因為心中有愛愛中有心
愛與被愛施或受無愧無怨無悔
所以民意調查報告
簡愛壓倒性超越了飯島愛

只要把愛心的晴雨表指數
精準擺對中間位置避免破表

恨意就可以很久很久入秋冬眠
憂愁便可以一了百了地形回春
怨懟集體宣告以垃圾分類
掩埋心底塵封收場

憂

——漢字詩⑬

心事綁著黃絲帶
難分難解
也許是滾落心房的
亂石待清未清

白從昨夜不寐
勞駕動了點開心手術
房前懶貓春夢正酣竟一覺
睡到天荒地老

翅

——漢字詩⑭

所謂山珍海味
其實是我們遺落凡間
餐桌上的一根羽毛

你們慶豐收狼吞虎嚥
我們唱輓歌傷痛欲絕
因為我們已被割鰭棄身
烈火燒烤著導航維生工具
最終被宣判定讞唯一死刑

鴻毛雖輕
仍有死亡的重量
請留點口德口福吧
釋放我們生命的翅膀

俠
——漢字詩⑮

大俠可以是怪老子或怪醫黑傑克
卻不能袖手旁觀大千世界的人情冷暖
站姿站成孤峰頂上
凜凜二葉松

大俠可以手持天劍神刃戒棍
擺宋江陣吆喝八家將
卻不能一呼百諾大小嘍囉玩命賭命
大口喝光水滸招牌酒　鬧場
大塊吃下三國五花肉　圍事
無聊玩一局角色扮演
魚肉金瓶梅三艷

俠之大者莫非是——
賣菜的陳樹菊　長跑的林義傑

讓愛陪蒲公英熱氣球一起飛翔

遨遊天際

環繞地球一匝

轉譯說文解字一句話

俠出於偉大的同情

附記：偶讀《漢書．季布傳》顏師古注：「俠之言挾也，以權力挾輔人也」有感而發。詩中所指怪老子出自黃俊雄布袋戲，黑傑克源自手塚治虫漫畫，皆為家喻戶曉的虛構怪傑。所謂金瓶梅三豔，指的是潘金蓮、李瓶兒和春梅，又本詩最後一句，出自羅家倫《新人生觀》。

飛

——漢字詩⑯

幾度冥想
忘我化身為大鵬

翱翔萬里晴空
展翅追逐烈日的煙硝味
朝最沸騰的臨界點取暖去潮
也曾爬升九重天
在渦漩的氣流中翻滾起落
變換360°曼波舞姿
任我自由落體花式滑行
於天涯海角之巔

可惜我仍獨身
難道這是孤峰頂上的宿命
遺世而獨立的悲劇

天外過客問我飄飄何所似
搖頭漫應我罹患了自由主義
憂鬱症候群

何年何月何日
誰能伴我比翼夜奔星空
與子偕老

囚
——漢字詩⑰

隔著毛玻璃
四周冷寂空無一物
連一盆人造花也沒有
我們究竟誰在室內誰在戶外

斜倚黑色蓋頭的窗臺
打盹或者沉思某些
身體與空間的主從關係
位置和角度的測量習題

其實打盹和沉思
姿勢的因果是一樣的
問題要怪都要怪那一扇
沒有門把的冷門虛設而長關
因為我們心頭橫著一根扁擔

圍城似的白色高牆
老是怕被青山綠水的陽光
一不小心
照進來
曬黑

默

——漢字詩⑱

風在動
飛沙走石席捲了凡塵
人心不動如白蓮
靜思禪坐於湖心
而　子不語

室外風與月
臨門秋波的誘惑
閉戶視而不見

巷尾黑狗咆哮抗議
歪頭想不透大音希聲
怎麼會自動消音

不知我們耳際自有
瑯嬛福地

附記：一〇二年九月六日夜不成寐，歪頭側睡，驚見張默先生《獨釣空濛》詩集守護在旁，乃奮筆疾書成詩，並寄給遠在法國的詩人方明。

墨
——漢字詩⑲

覽歐陽詢九成宮醴泉銘法帖并贈書法家陳欽忠教授

黑白分明的井田
穿梭四條紅色經緯線
切割出九進位的屯墾區
顏真卿柳公權們在此筆耕
踩出永字訣的步伐

遠方富春山居歷歷入目
一條黑河波濤蕩漾成無數支流
轉眼間　漲潮起來

谿山行旅途中
張大千齊白石們魚貫而行登高
摩拳擦掌等待星月爭輝大會
輪番作莊

愁

——漢字詩⑳

千頭萬緒
隨著季節性焚風愀然而生
家事國事天下事芝麻小事無所事事
事事怒火攻心事事傷肝敗腎

中東真主邀耶穌真槍實彈火拼耶路撒冷
西非伊波拉病毒讓地球剉咧等撒但降臨
馬航班機一死一失蹤重播神鬼奇航爛片
雲南魯甸地震震得旗杆上紅星東倒西歪
高雄氣爆爆出丙烯含藍綠色澤不同氣體
物價高漲薪資凍結只好配餿水豬油下飯

天呀咱們身體不是才剛放暑假
心情怎麼已入秋轉冬

都餿了起來

暴

——漢字詩㉑

小太陽包頭罩頂
形成一圈圈色厲內荏的高氣壓
壓得人喘不過氣來

一襲連身黑色風衣裹得密不通風
你呀再怎麼浪得傲慢與偏見的諢名
其實都隱藏不住俠骨柔情似水的
火熱的心

⿱甜心（憩）

——漢字詩㉒

921大地震暨七二水災後夢迴谷關

舌尖如舔焦糖瑪奇朵
雪山山脈情花的化學作用
流轉於旅人翻山越嶺而來的
每一根神經末梢中

大甲溪流域澎湃著山水的熱情
山櫻花自幼年背負深山寂寞
從此面對千年五葉松眉開眼笑了
濶葉林深處桂花巷石階緊連著
吊橋的木棧道，蜿蜒直上
青山綠水繚繞觀音菩薩寶座前
夜半鐘聲伴隨梵音唄唱從未間斷

山谷新天地終日吞雲吐霧
神仙感遇故事隨流水，汩汩而出
前世夢中戀人簇擁而入
啜飲我以甘露醴泉的心靈雞湯
碳酸水大補帖終於九轉功成

這裡是療癒創傷症候群的
溫泉鄉旅店

自從神鵰俠侶巖洞
入口因地震崩塌
仙劍聖石大戰山魈土石流
神話傳說未完待續
旅店全年無休，照常營業

冉
——漢字詩㉓

南風拂柳的薰香
撩起了當劍賣馬英雄的虬髯
以自由為名所以要嗆聲誰進口
輻島橫行的鱉？大發利市鰲拜們還按讚
新春的盟誓已隨太平洋濤聲遠行
諾言晶片冉冉正掉落於幸福黑潮之外
借問我們要如何用薰香驅走機器蜻蜓
耳語陪遼寧號環島漫遊誰在製作　群　魔　亂　舞

附記：二〇一七年總統府春聯賀詞「自自冉冉　歡喜新春」，誤引賴和〈乙卯元旦書懷〉所謂「自自由由幸福身，歡歡喜喜過新春」惹議，爰有此作。冉之一字，其實只是由字的誤筆或者誤判，錯把馮京作馬涼。冉的正解為柔弱下垂之貌，與髯鬚有關，故曰虬髯。有人臆說為鱉在陸地上行走，有人望文生義，連讀為自自然然，皆非賴和原詩的本意。本首詩二、三、四段連番套用日本福島核食進口、川蔡隔洋電話熱線，以及大陸蘇愷－30、轟－6軍機、航母遼寧號環島恫嚇等新聞報導，引發全島雞飛狗跳。所謂「製作」，源自西方新文化史的概念，如製作路易十四，意即編導包裝加工加料。

汕

——漢字詩㉔海上有仙山

海岸線外有仙山
從三位神仙金手指夾縫中
外洩的第一道開春曙光
傳說可以默許願望成真，每人

大海以一身蔚藍色斗篷
投懷送抱永世不悔的熱情
如萬箭般射向石雨傘暗礁
贏得千百隻飛魚表演高空彈跳
回應大自然的掌聲，絕無冷場

觀潮弄潮的人兒
用心眼飽餐海角一方
山光水色的海霸王特餐
趁著波濤喘息初歇

一隊隊用相機捕風捉影的遊人
偷閒撿拾魔宮放逐出來的貝殼
諦聽螺旋紋裡潮水上回拍岸的聲音

那座橋恍如雲端游龍，拉鍊般
緊緊抓住三仙臺和比西里兩岸土地不放
隔絕了浪花潑灑千古的寂寥
隔絕不了海洋為愛朗讀美學語言的濤聲
不遠處港口孿生對望的燈塔歷歷入目
一艘賞鯨船撈捕滿船心情大豐收後
正在返航入港
雙手合掌期待下一輪看海的日子
還有日出

輯三

圖文詩

圖：邱晟毅

阡陌空白的
路上，不如倆人並轡而行
——詩想

圖：王光傑

山上雲煙漸厚了
隨隨便便掩蓋着日午的高山流水
——浮生遊記

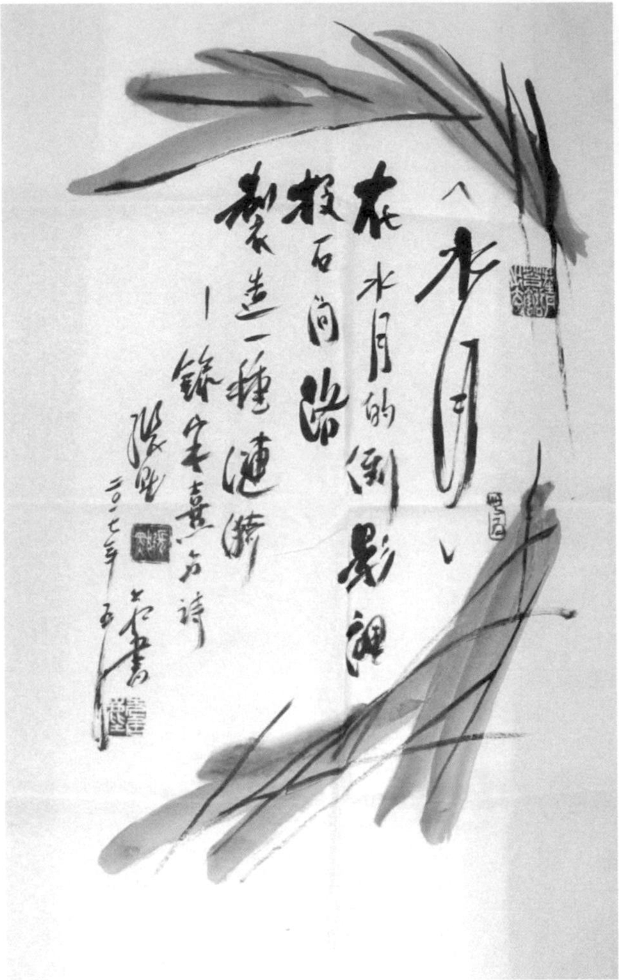

書法：張默

在水月的倒影裏投石問路
製造一種漣漪，一種
千年潮汐

——水月

圖：邱晟毅

旋律的金色輪花，嫣然
翔舞著……

——晨歌

圖：王光傑

只要有事無空有空無聊的時候
小草就好想好想
蹬蹬小脚
擺擺細手

——小草

圖：王光傑

而我夾雜於眾樹眾石之中
恍如一位誤闖仙界的俗客
唐突而又塵緣未了
——山村

圖：邱晟毅

誰說詩情畫意
總在年少輕狂時龍吟虎嘯
只在中年心事濃如酒
之際　山洪暴發

——詩心

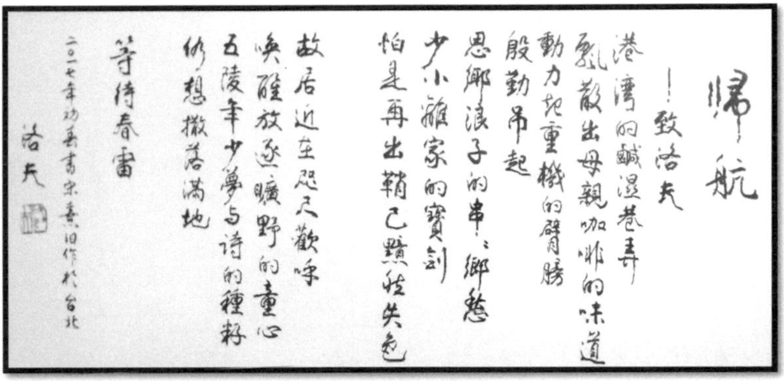

書法：洛夫（吳政憲翻拍，順天建設柯興樹董事長典藏）

五陵年少夢與詩的種籽

仍想撒落滿地

等待春雷

——歸航

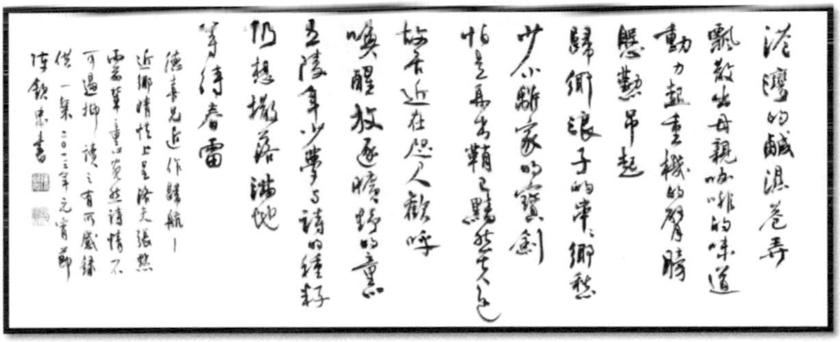

書法：陳欽忠

中興湖夜鷺
水花拍擊頑石
掌聲喧嘩
我掉頭叼起了枯樹枝
咀嚼黃昏
向青天尋找隱居的航路
宋德喜詩題張豐吉攝影
35.3×36.7cm

書法：陳欽忠
攝影：張豐吉

水花拍擊頑石
掌聲喧嘩
我掉頭叼起了枯樹枝
咀嚼黃昏
向青天尋找隱居的航路
——夜鷺的獨白

書法：陳欽忠
攝影：張豐吉

面對四面埋伏
大紅袍的誘惑
我早已少年白頭
如今只能偷閒打個盹
沉思我的殘夢和餘生
——木棉花 VS.白頭翁的啟示

圖：王光傑

山外有山
這是崇山峻嶺的蠻荒
還是峰巒疊起的秘境

——出

圖：邱晟毅

來者究竟是敵是友
友誼商店的損益平衡
是後現代大勢所趨

——走

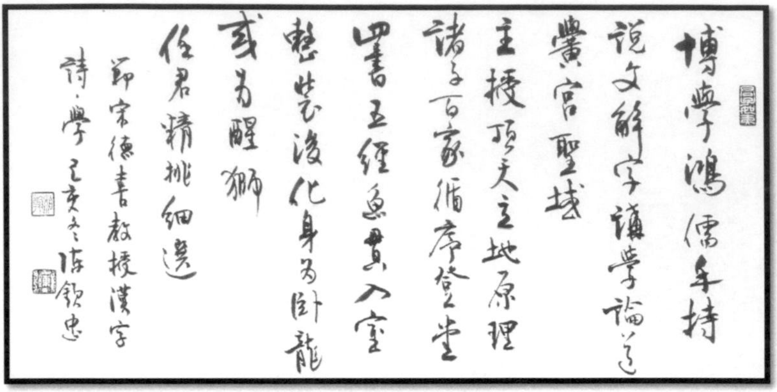

書法：陳欽忠

博學鴻儒手持
說文解字講學論道
黌宮聖域主授頂天立地原理
諸子百家循序登堂
四書五經魚貫入室
整裝後化身為臥龍或為醒獅
任君精挑細選

——學

圖：王光傑

只要把愛心的晴雨表指數
精準擺對中間位置避免破表

——愛

圖：王光傑

四周冷寂空無一物
連一盆人造花也沒有
我們究竟誰在室內誰在戶外

——囚

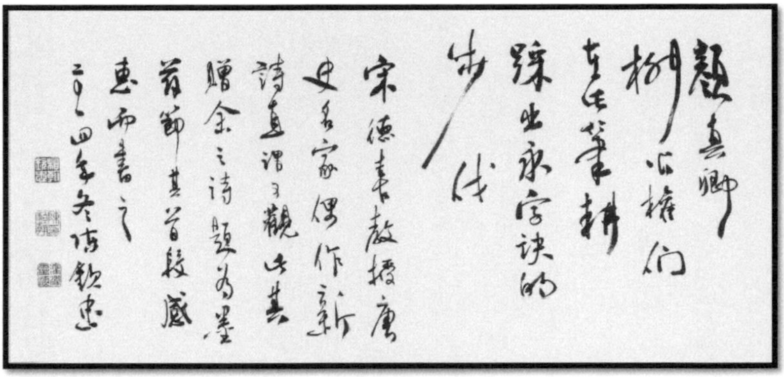

書法：陳欽忠

顏真卿柳公權們在此筆耕

踩出永字訣的步伐

——墨

附錄一：飛越中興湖畔的剩詩毯

林秀蓉

歷史是文化的軌跡，猶記二〇一七年因《臺中學專書－驛動軌跡》的發表，初識了儒雅溫文的宋德熹教授。個人非常佩服宋老師的文筆燦然，用那滿載一世紀的蘊藹蒼蒼，生動敘述了臺中火車站的古往今來。爾後，彼此常在臉書上以文交流，更榮幸能受到老師的邀約，參與聆聽多場精采豐饒的詩學講座，獲益匪淺。

最難以忘懷的是二〇一七年末，為詩壇大師洛夫所舉辦的「頒授名譽文學博士學位典禮暨詩歌演唱會」。洛夫大師在致辭時說：「他一生所追求的是詩歌的價值傳導；而非作品價格」。詩歌經由宋老師譜曲，完美詮釋洛夫老師的新詩創作。每個文字透過了旋律與節奏，別具美感與浪漫。

新詩如無界之疆，時而心懸一彎殘月，時而漫卷天邊落日。化物忘情，詩心倘若微塵，最終該飄向何方？開心今日有此機緣，為宋德熹教授榮退，寫以下這首詩作，不啻表達我最大感謝與祝福之忱！

飛越中興湖畔的剩詩毯

——宋德熹教授榮退

驛動的軌跡，詩裡詩外
歲月泛白了湖畔青石之路
吟遊符碼是你搗碎的滿池星子
新月想把每根斷句密縫
貼近掌心，扉頁寬闊如林
如諸神指尖輕彈的珍珠
複沓超現實主義者的浪漫

向歷史朝聖，拾階探花
我們習慣從簡出發
看得見的城市，陽光來來去去
通識心窗，化為一隻鳥遠征
或者選擇一片覆雪的雲
你將成就自己，孤獨者的
信仰。滴漏在時間之外

吶喊不是風，不是雨
譜我一曲往日青青章台柳
頻頻回眸，海岸線外的仙山
念舊無非是你隱形的獸
當牛軛撩起藍色歌聲，裝滿昨夜
寄語早已隨三月風雨揚帆而去
候補的詩意，又該向誰傾訴

附錄二：揮手自來去
——聞宋熹教授榮退賦詩賀

林茵
乾坤詩刊社

是誰？用文字開鑿古今
是誰？用旋律泛舟河湖
那天寶年後的少年褪下了薄春衫
風光明媚，只一盞茶
他走進了民國；只一袋書
他落腳中臺灣；只一回眸
他流轉至己亥，
將春花秋月等成了風髮霜鬢

案牘勞形的著述，遠了
殫精竭慮的授業，遠了，都遠了
無數個風簷展帙的日子，典型
已在蕩漾的六八拍中
甦醒，在迴旋往復的歌聲中

落日拉長了馬鳴
轉身，是太平洋臺灣海峽的波濤
回首，他眼底有長江黃河不盡的滾滾
毋須橫槊，時時迴盪的三疊一嘆
日夜在他胸口奔騰，不待揮手
他已縱身，向多嬌的青山
詩文的江海，奔去

註：恭賀本社新任顧問宋熹教授自中興大學歷史系教授榮退併出版《剩詩毬》詩集，感佩之際僅致上無限的祝福。

附錄三：宋德熹詩人榮退致詞

林淑貞

初進中興大學這個大家庭，懵懵懂懂，尚在摸索的階段，經由李建崑老師的介紹，認識宋德熹教授，並有幸參加他們唐代的讀書會。參與讀書會，讓我了解中興歷史系研究能量的積蓄，是臺灣不可小覷的學術重鎮。雖然我的專業不在此，能夠向人家學習精審論學，是一件快意之事，也很榮幸參與其中，和一群朋友論學。

後來，宋老師擔任中國唐代學會理事長，曾在中興召開國際研討會，我有幸參與，也能接遇國際知名學者，是為幸甚。

日後，我也接棒擔任中國唐代學會理事長，向宋老師請益甚多，宋老師是位溫柔敦厚的學者，一一指點，也協助籌辦唐代國際會議，令我銘感於衷。

雖然和宋老師共事在文學院，但是見面甚少，忙碌的身影，常常在會議或廊道匆匆問好，旋即各自隨著忙碌的軌道而滾動。

最驚喜一事，是因為到雲平樓召開主管會議時，和刻在創意學院擔任副院長的宋老師打招呼，意外發現，原來，他就是詩人宋熹。這個發現，讓我非常驚喜，也非常高興。

他刻在為某知名餅店作一個文創，名為「幸福餅」，找了唐傳奇的定婚店、灌園嬰女等古典故事作為幸福的引子，讓月下老人的故事在民間流傳。他的發想很好，讓我佩服他跨越自己的歷史學門走向社會，走向群眾。他又說，和學弟解昆樺將在九月成立興詩雅集，各自募集學生來參與。對他們熱心導引莘莘學子開創新詩這條創作之路，非常感佩。

宋老師與新詩如何結緣呢？他說年少時寫詩，與詩人渡也同樣參加創世紀詩社，後來轉向研究鮮少寫詩了，後來，因為太太陪小孩到美國讀書，才有空重拾詩筆創作，當我閱讀他的文創幸福詩時，有種感動，藏身在歷史中的他，平時岸偉嚴肅，原來也包裹著一顆善感的心。

隱身在歷史系的他，平日不苟言笑，內心卻有一顆寫詩的敏銳心靈，令人佩服。這讓我想起《功夫》中的包租婆包租公夫妻，側身在市井之中，過著平凡的日常生活，原來，他們是武林高手，金盆洗手，隱身市井，是想過著平凡的庶民生活。而宋老師也是，以教授的身份隱藏詩人的身份，的確令人驚奇與驚喜。然而，還有多少隱身在市井之中的詩人呢？宋老師告訴我物理系有位陳明克教授，也是一位詩人，學校同仁大都不知道這個秘密。

閱讀詩稿與閱讀學術論文有所不同。學術論文是公器，是利劍，指向學術，切割肌理，剖析

有味。精義。詩歌是詩人的靈心銳感，是詩人的詩心，比起學術論文更有情味，更有性靈，更溫潤雋永

能夠和宋老師在中興大學共事，是一件值得榮耀與歡喜的事，也是我們的福緣。渡也常問他，什麼時候可以重新回到新詩的行列，提筆再寫呢？

現在，就是新紀元的開始，榮退之後，宋老師有更多的時間可以從事最愛的創作。中興大學不會少一位歷史系教授，但是，文學界將有一位武功高強的詩人重出江湖，我們期待看到宋熹詩人風雲再起。

後記一：「晚來」天欲雪　能飲一盃無

宋熹

當年唐代大詩人白居易在天色將晚轉冷之際，思念好友嵩陽劉處士（依岑仲勉《唐人行第錄》考訂，並非詩人劉禹錫劉二十八），寫了一首名詩〈問劉十九〉，邀約好友何時小酌杯酒敘舊？對一位臨老重入詩園花叢如我而言，天色不只已晚轉涼，而且現在才出版首部詩集其實已嫌「晚來」遲到了四〇年，如今不飲酒也只能啜飲一壺老人茶了。回顧當年還是文青十五二十時，曾經有幸追隨詩壇的幾位前輩，芝山岩下草屋獨居的書法家詩人羊令野，每兩周主持青年戰士報《詩隊伍》，並心血來潮為我取了宋熹的筆名；《創世紀》元老張默正主編《中華文藝》，我因緣際會常是他們刊物的座上客。《創世紀》總編輯洛夫剛好來東吳大學外文系兼課，我因主編校園詩刊《海棠》斗膽邀請他擔任指導老師，承蒙慨然允諾，洛夫後來和張默還推薦我加入《創世紀》，成為當年（一九七六）最年青的詩人。而今日暱稱老頑童的詩人林煥彰，也經常一同受邀參與我所舉辦的詩歌朗誦會，多少星月爭輝的夜晚，幾度讓我這個初生之犢淹沒在豐饒詩海中，自我陶醉。可惜這一段如煙似夢的榮景，卻由於我莽撞追求完美的理想主義，因學生會改選和刊物審查的問題跟課外活動組主任拍桌吵了一架，以致衝動休學服兵役，從此「少年詩人夢」（蘇紹連語）夢碎，轉入學術之林而自我放逐於詩樂園之外。

直到二〇一二下半年全家三口陪大兒子赴美就學，我頓然成了內在美，倍感孤寂，某晚隨興寫了一首〈不眠的夜〉：「昨夜秋風吹起秋雨／孤獨的影子踉蹌欲跌／心中的曠野／無端被庭院的垂柳攪亂得／拖泥帶水／懸念的旅人還在遠方未歸」。雖說短短六行，卻是擱淺了近四十年後的處女新作，後來發表於《創世紀》，還MAIL給遠方滯美未歸的妻子一覽，據內人回覆說當晚哭泣了一夜。某天，同校中文系年輕的解昆樺送來一本《臺灣現代詩典律與知識地層的推移》，我信手翻至書末，發現提到「宋熹」之處都打上問號，意味著失蹤，後來昆樺再送我一冊增訂本，扉頁題寫「當年研究創世紀屢查不到宋熹之背景，如今知道就是您」，睹之不禁令人百感交集。事後，寫了一首〈詩心〉贈昆樺，提到：「誰說詩情畫意／總在年少輕狂時龍吟虎嘯／只在中年心事濃如酒／之際　山洪暴發」。這段時間，剛好洛夫自加拿大溫哥華整裝回國定居，我又有幸重新投入門下，並於二〇一七年十二月報部頒贈洛夫為本校名譽文學博士，舉辦一場詩歌演唱會為洛夫慶生，還為洛夫《唐詩解構》中改寫李白〈黃鶴樓送孟浩然之廣陵〉，編成一首〈小心三月揚州的風雨〉的歌曲，不意隔年三月洛夫即遽歸道山。由於前述這三件因緣，彷如「翻開唐詩／噹的一聲掉下／一把鑰匙／以一根絲繩繫著，想必是／用來開啟封凍的江水」（洛夫《唐詩解構‧江雪》），我的詩心事隔四十年後，又重新被解凍融化了。

友人一聽到我的首部詩集叫《剩詩毬》，乍聽以為是聖詩？還是什麼毛線球？其實剩詩者也，多餘之謂也，好比漢末楊修心目中的雞肋，食之無味棄之可惜。另一方面，面臨退休前夕，經醫院檢驗「腎絲球」過濾速率只有四十%，驚覺已淪為腎臟科的常客，進行低蛋白飲食以致近兩個月登山走路連摔兩次，不知不覺老之將至，不免經常回味起青春年華的詩情餘韻。爰整理少部分舊作加上新篇凡五十首，輯為剩詩集，聊作臨老慰藉寂寥的紀念。本輯第二部分主軸為漢字詩謎，緣自個人喜好測字（拆字），總覺漢字六書字中有畫有影像，有如說文新解，漢字成詩，坊間應用文字學名著，如葛兆光《漢字的魔方》、張大春《見字如來》、廖文豪《漢字樹》、許暉《這個字原來有這樣的身世！》、瓦歷斯‧諾幹《字頭子》等，皆為案頭常備之書。有一次聽了一場《沈寶春學術論文集（古文字卷）》作者的一席演講，言及從古文字現象談漢字美醜觀的流變，才驚覺美醜兩字的背後所隱藏的兩性審美觀的演變流程。所以，本輯漢字詩的創作不是文字遊戲，而是意在言外，寓意成詩。

特此感謝林煥彰、蕭蕭、蘇紹連和解昆樺等幾位詩壇前輩師友不吝費心寫推薦序，蓬蓽生輝。也感謝羊令野（已歿）、洛夫（已歿）、張默及林煥彰等前輩的提攜，以及本校中文系書法名家陳欽忠教授、森林系攝影名家張豐吉教授、牙醫師好友王光傑、史研所畢業畫家邱晟毅等惠賜書畫攝影，林秀蓉詩人、林茵校長及林淑貞教授等「林家班」眾姊妹贈詩賜文歡送退休，柯興樹董事長、梁火在會計師伉儷、楊聲孝學棣、鄭政峰副校長、朱介英總編輯、遠景葉麗晴發行人，捐資贊助所辦藝文活動，皆銘感五內，永記在心，張桂梅、楊宣儒、王郁君、謝喬翔等學棣協助繕打，併此致謝。

後記二：從洛夫追憶一段詩的盛唐歲月

宋熹

第一次拜謁洛夫是在民國六〇年代初期，地點在外雙溪東吳大學夜外文的課堂上，那時洛夫魔歌的風潮正在升起，我代表海棠詩社邀請他擔任指導老師。在此之前，由於詩隊伍的羊令野和中華文藝的張默推介，我因此有緣成為洛老的門下和創世紀詩社當年最年輕的成員。短短幾年間走馬看花透過詩歌朗誦會，結識了不少詩壇的群英，管管、碧果、羅門、辛鬱、大荒、林煥彰、文曉村等等諸多熠耀明星，群聚一堂，共譜那一段詩的盛唐歲月。可惜，我因故休學服役，從此轉換歷史學術的跑道，但仍然隨時回眸關注，偷窺洛夫偉岸的身影，夜讀釀酒的石頭和眾荷喧嘩。

再次拜謁洛夫，已事隔四十年後。上一年（二〇一七年）聽聞方明說洛夫有意回臺定居，我即北上邀約洛夫三月南下中興大學進行講座，演講「因為風的緣故」，一時風靡中興湖畔，由於年少風情的激發，席間，我還譜下洛夫翻寫唐詩中李白〈黃鶴樓送孟浩然之廣陵〉和白居易〈花非花〉，創作了兩首歌。也因此，興起了向教育部提報名譽文學博士的念頭。上一年（二〇一七年十二月），洛夫正逢九十大壽，中興大學也盛大舉辦慶賀頒授洛夫名譽博士的詩歌演唱會，彷如在中興湖畔濤聲中大聲呼喚洛夫高如北斗的名字。今日（二〇一八年三月）驚聞一代文學巨匠的隕落，除了不盡的哀思之外，仍然禁不住慶幸今生有緣跳階式的親炙大師的身影與風華。

刊於二〇一八年三月二十日聯副

語言文學類　PG2384　秀詩人71

剩詩毯

作　　者 / 宋　熹
責任編輯 / 石書豪
圖文排版 / 周妤靜
封面設計 / 王嵩賀

發 行 人 / 宋政坤
法律顧問 / 毛國樑　律師
出版發行 / 秀威資訊科技股份有限公司
114台北市內湖區瑞光路76巷65號1樓
電話：+886-2-2796-3638　傳真：+886-2-2796-1377
http://www.showwe.com.tw
劃撥帳號 / 19563868　戶名：秀威資訊科技股份有限公司
讀者服務信箱：service@showwe.com.tw
展售門市 / 國家書店（松江門市）
104台北市中山區松江路209號1樓
電話：+886-2-2518-0207　傳真：+886-2-2518-0778
網路訂購 / 秀威網路書店：https://store.showwe.tw
國家網路書店：https://www.govbooks.com.tw

2020年5月　BOD一版
定價：250元

國家圖書館出版品預行編目

剩詩毯 / 宋熹著. -- 一版. -- 臺北市 : 秀威資訊科技, 2020.05

面； 公分. -- (語言文學類 ; PG2384) (秀詩人 ; 71)

BOD版

ISBN 978-986-326-796-6(平裝)

863.51 109004261

讀者回函卡

感謝您購買本書，為提升服務品質，請填妥以下資料，將讀者回函卡直接寄回或傳真本公司，收到您的寶貴意見後，我們會收藏記錄及檢討，謝謝！如您需要了解本公司最新出版書目、購書優惠或企劃活動，歡迎您上網查詢或下載相關資料：http:// www.showwe.com.tw

您購買的書名：________________________________

出生日期：________年________月________日

學歷：□高中（含）以下　□大專　□研究所（含）以上

職業：□製造業　□金融業　□資訊業　□軍警　□傳播業　□自由業

□服務業　□公務員　□教職　□學生　□家管　□其它______

購書地點：□網路書店　□實體書店　□書展　□郵購　□贈閱　□其他

您從何得知本書的消息？

□網路書店　□實體書店　□網路搜尋　□電子報　□書訊　□雜誌

□傳播媒體　□親友推薦　□網站推薦　□部落格　□其他__________

您對本書的評價：（請填代號　1.非常滿意　2.滿意　3.尚可　4.再改進）

封面設計____　版面編排____　內容____　文／譯筆____　價格____

讀完書後您覺得：

□很有收穫　□有收穫　□收穫不多　□沒收穫

對我們的建議：________________________________

____

____

____

請貼
郵票

11466
台北市內湖區瑞光路 76 巷 65 號 1 樓
秀威資訊科技股份有限公司 收
BOD 數位出版事業部

（請沿線對折寄回，謝謝！）

姓　　名：＿＿＿＿＿＿＿＿　年齡：＿＿＿＿　性別：□女　□男

郵遞區號：□□□□□

地　　址：＿＿＿＿＿＿＿＿＿＿＿＿＿＿＿＿＿＿＿

聯絡電話：(日)＿＿＿＿＿＿＿＿＿＿(夜)＿＿＿＿＿＿＿＿＿＿

E-mail：＿＿＿＿＿＿＿＿＿＿＿＿＿＿＿＿＿＿＿